幼兒全語文 階梯故事 系列

U0114806

活動冊

袁妙霞 著
野人 繪

園丁文化

《你們要喝什麼？》

小丑在玩拋球遊戲。請按球上的提示把球填上適當的顏色。

《爸爸回家了》

天氣很冷，小熊要外出。他的手套、帽子和圍巾哪裏去了？請把它們圈出來，並與相應的詞語連起來。

《小猴子不高興》

小猴子又不見了一隻鞋子和一隻襪子，請你幫忙找一找，把他的另一隻鞋子和襪子圈出來。他的鞋子和襪子是什麼顏色的？請把相應的詞語也填上相同的顏色。

《香味和臭味》

大豬和小豬回家時，沿途聞到不同東西發出的氣味。請把發出香味的東西填上紅色，發出臭味的東西填上藍色。

《捉迷藏》

小松鼠想把軟的物件和硬的物件分別放好。請你幫幫忙，把物件和適當的盒子連線。

《讓我來幫你》

小綿羊迷路了，象哥哥跟他說了句什麼呢？走出迷宮你就知道了。

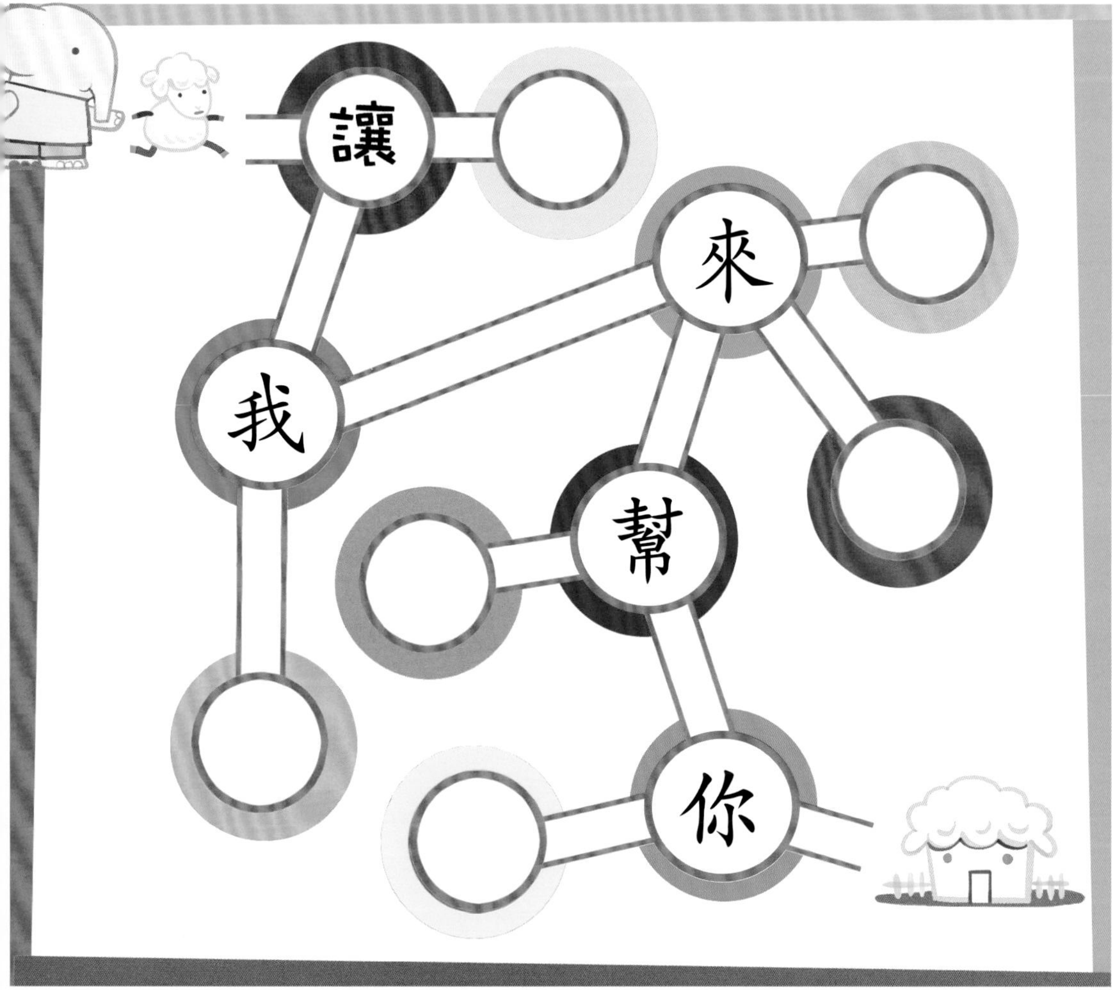

《排隊》

小鴨子和朋友在公園裏玩什麼呢？請把下面相應的詞語填上顏色：小鴨子玩的填上紅色，小母雞玩的填上藍色，小天鵝玩的填上黃色。

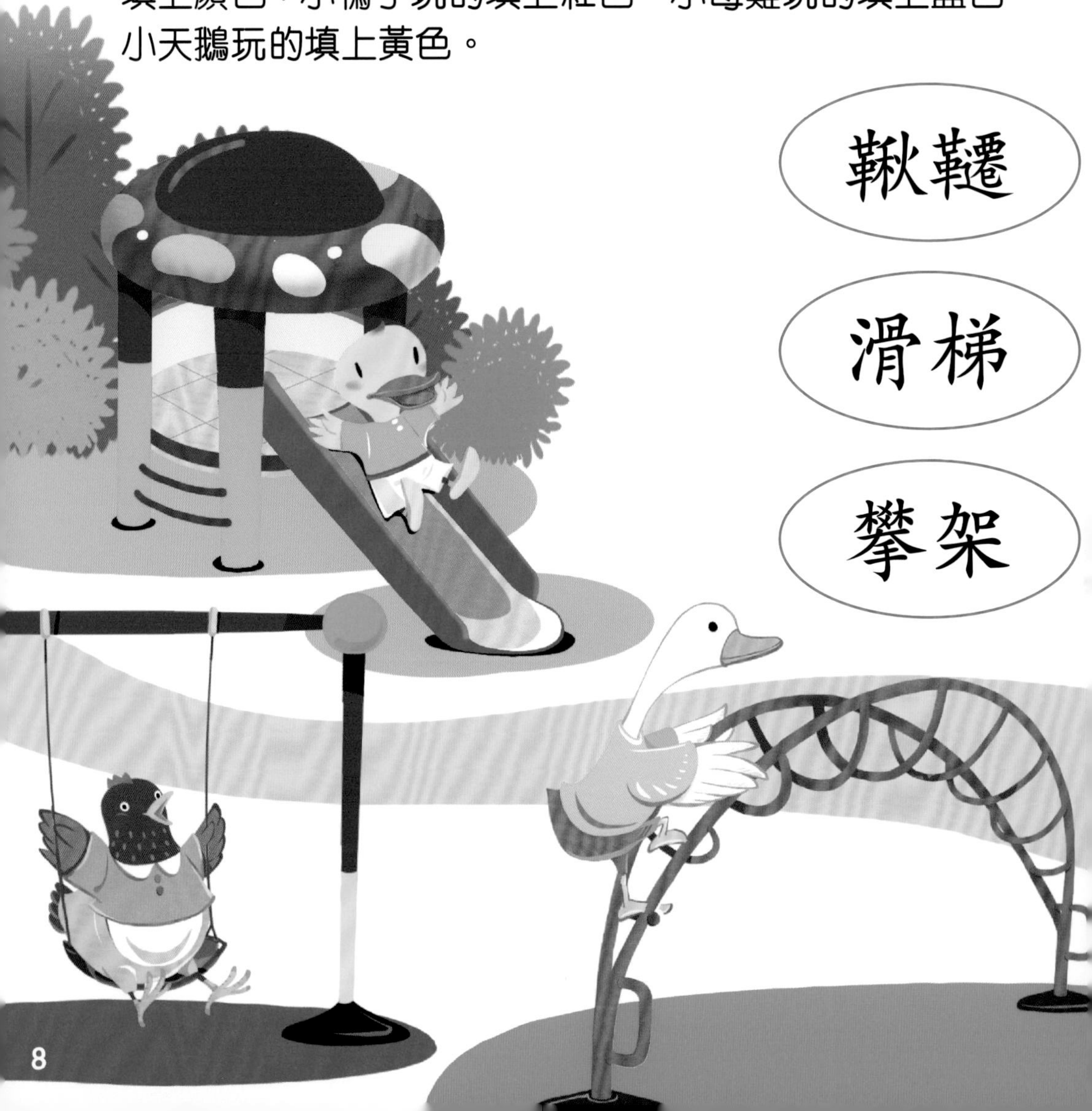

鞦韆

滑梯

攀架

《睡覺》

小熊要睡覺了。他會在哪裏睡覺呢？走出迷宮你就知道了。

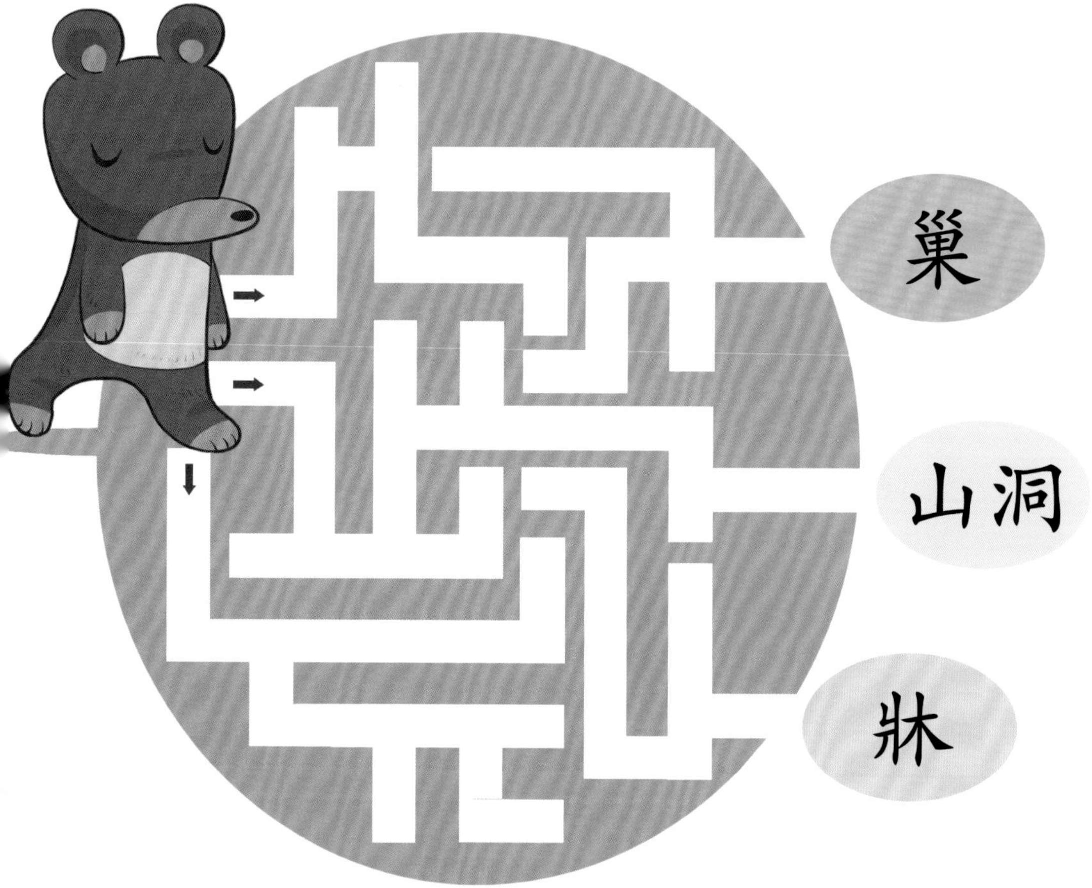

《摘果子》

小猴子、小兔子和小烏龜在做什麼呢？請跟相應的詞語連線。

去旅行

捉迷藏

摘果子

《開派對》

聖誕節到了，爸爸送了什麼禮物給小象呢？請把禮物和適當的文字連線。

顏色筆

模型

圖書

園丁文化

幼兒全語文階梯故事系列 第 2 級（初階篇）

活動冊

作　　者：袁妙霞
繪　　圖：野　人
責任編輯：王一帆
美術設計：許鍩琳
出　　版：園丁文化
香港英皇道 499 號北角工業大廈 18 樓
電話：(852) 2138 7998
傳真：(852) 2597 4003
電郵：info@dreamupbooks.com.hk
發　　行：香港聯合書刊物流有限公司
香港荃灣德士古道 220-248 號荃灣工業中心 16 樓
電話：(852) 2150 2100
傳真：(852) 2407 3062
電郵：info@suplogistics.com.hk
印　　刷：中華商務彩色印刷有限公司
香港新界大埔汀麗路 36 號
版　　次：二〇二三年四月初版

ISBN: 978-988-76584-0-5

18/F, North Point Industrial Building, 499 King’s Road, Hong Kong
Published in Hong Kong SAR, China
Printed in China